Wilhelm Oechelhæuser

Die Würdigung Shakespeare's in England und Deutschland

Antigonos

Wilhelm Oechelhæuser

Die Würdigung Shakespeare's in England und Deutschland

Unveränderter Nachdruck der Originalausgabe von 1869.

1. Auflage 2024 | ISBN: 978-3-38637-074-5

Antigonos Verlag ist ein Imprint der Outlook Verlagsgesellschaft mbH.

Verlag: Outlook Verlag GmbH, Zeilweg 44, 60439 Frankfurt, Deutschland, info@outlook-verlag.de
Vertretungsberechtigt: E. Roepke, Zeilweg 44, 60439 Frankfurt, Deutschland
Druck: Libri Plureos GmbH, Friedensallee 273, 22763 Hamburg, Deutschland

Die
Würdigung Shakespeare's
in
England und Deutschland.

Eine Parallele.

Vortrag,

gehalten zu Weimar am 23. April 1869 in der fünften General-Versammlung der Deutschen Shakespeare-Gesellschaft.

Von

Wilhelm Oechelhæuser.

Dessau.

Druck der H. Heybruch'schen Hofbuchdruckerei.

1869.

<h1 style="text-align:center">Geehrte Versammlung!</h1>

Es ist wohl kaum ein Vorwurf öfter gegen die Deutschen erhoben worden, als dass sie des nationalen Selbstgefühls entbehren, zum Ausländischen neigen sollen. Politisch mag derselbe begründet sein, wiewohl auch hier die nationale Ader stärker und stärker zu pulsiren beginnt. Aber im Gebiete der Wissenschaft und Kunst trifft uns, seit Lessing's Zeiten wenigstens, dieser Vorwurf mit Unrecht. Mit Stolz und Selbstbewusstsein würdigen wir unsere herrliche nationale Literatur, verehren wir die Heroen deutschen Geistes. Daneben vermag allerdings der Deutsche in neidloser Gerechtigkeit die Geistesarbeit anderer Völker so warm und freudig anzuerkennen, wie dessen keine Nation der Erde, am wenigsten ein Volk romanischen Ursprungs im Stande ist. Bei welcher andern Nation lassen sich Schriftsteller ersten Ranges zu Uebersetzungen von Werken derselben, oder kaum vergangener Culturperioden herbei? Welches andere Volk hat die Uebertragung aus fremden Sprachen zu einem so ehrenvollen Zweige der Literatur, ja man möchte sagen, zu einer Kunst ausgebildet, von der Schlegel, der Altmeister dieser Kunst, mit stolzem Selbstbewusstsein sagen durfte: „Der echte Uebersetzer, der nicht nur den Gehalt eines Meisterwerks zu übertragen, sondern auch die edle Form, das eigenthümliche Gepräge zu bewahren weiss, ist ein Herold des Genius, der über die engen Schranken hinaus, welche die Absonderung der Sprachen setzt, dessen Ruhm verbreitet, dessen hohe Gaben vertheilt."

Dieser schöne Zug deutschen Wesens gipfelt aber in der Begeisterung für Shakespeare. Auf gleichem Boden gewachsen, wie die Sympathien für die Geistesheroen anderer Länder, anderer Zeiten, ragt doch die allgemeine Theilnahme für diesen Einen durch ihre Verbreitung und ihre Tiefe so hoch über alle gleichartigen Erscheinungen auf diesem Gebiete hervor, dass sie geradezu in der Literaturgeschichte einzig dasteht. Die Gründung einer besonderen

Gesellschaft für den Cultus eines ausländischen Dichters war überhaupt nur in Deutschland möglich, aber auch in Deutschland war es nur der Name Shakespeare, welcher den Versuch, wenigstens den ersten Versuch zu solchen Vereinigungen, mit Aussicht auf Erfolg wagen liess. Und diese Gesellschaft hat sich nicht etwa einen farblosen, oder gar nach aussen neigenden Mittelpunkt für ihre Thätigkeit gewählt; nein, sie pflanzte ihr Reis mitten in den klassischen Hain ächt deutschen Geisteslebens, dicht neben die Dichtergräber Schiller's und Göthe's; sie erbat und erhielt den Schutz der deutschen Fürstenfamilie, in welcher die Pflege nationaler Kunst und Literatur zu einer traditionellen Tugend geworden ist. So bildet unser, auf Weimar's Boden gegründeter Verein ein bedeutsames Symbol für einen der eigenthümlichsten und schönsten Züge germanischen Geisteslebens: die harmonische Verschmelzung des Cultus eigner und fremder Grösse.

Was aber die deutsche Nation so mächtig für den grossen brittischen Dichter begeistert, das ist die Fülle germanischen Wesens, die uns aus seinen Werken entgegenströmt. Unsere ureigensten Gedanken und Empfindungen haben durch ihn den mustergültigen Ausdruck für alle Zeiten erhalten, unsre eigene nationale Literatur und dramatische Kunst haben sich an ihm zur Selbstständigkeit emporgerankt. Es ist nicht blos der Zoll der Bewunderung, nein, auch der Dankbarkeit, den wir ihm schulden. Und so sehr sich auch der Gebildete jeder Nation angeregt fühlen mag, wenn er sich in diesen Wald hoher Gedanken und Empfindungen vertieft, soviel Gemeingültiges für alle Völker, alle Zeiten darin enthalten ist, so ward doch dem Germanen allein der Schlüssel zur Erkenntniss seiner vollen Grösse und Schönheit gegeben. so sind seine höchsten poetischen Gebilde und Charaktere ausschliesslich nur für den germanischen Stammesgenossen verständlich.

Und diese Begeisterung der Deutschen für Shakespeare ist keine Erscheinung, die den Charakter des Gemachten, des Vorübergehenden trägt. Aus der Reaction gegen die damals weltbeherrschende französische Geschmacksrichtung wuchs die Würdigung Shakespeare's seit etwa einem Jahrhundert langsam und stetig heran. Lessing trug ihm die Fahne voraus, Schröder zeigte ihn von der Bühne herab dem erstaunten Volke und leitete durch den brittischen Dichter den Aufschwung der nationalen deutschen Schauspielkunst ein. Schiller und Göthe zur Seite zog er triumphirend bei uns ein durch das goldene Thor, welches ihm Schlegel und Tieck gebaut, — die vielgeschmähten Romantiker, denen wir doch die Einbürgerung

Shakespeare's beim deutschen Volke ausschliesslich verdanken. Unaufhaltsam und ohne Unterbrechung ging seitdem die Würdigung Shakespeare's in die Breite und Tiefe. Eine glänzende Reihe von Namen, und nicht die letzten darunter sehen wir in diesem Saale vertreten, widmete sich seinem Dienste, rühmlich für ihn, rühmlich für sie selbst.

Sogar auf dem Gebiet der Sprachforschung, die sonst doch die ausschliessliche Domäne der engeren Stammesgenossen eines Dichters zu bleiben pflegt, traten deutsche Gelehrte den brittischen ebenbürtig zur Seite. Die deutsche Bühne aber ertheilte Shakespeare das Bürgerrecht in ausgedehntester Weise; die Darstellung Shakespearescher Charaktere ist der Maasstab geworden, woran wir die Tüchtigkeit deutscher Künstler messen. Daneben wurde das öffentliche Vorlesen seiner Dramen zu einer wirklichen Kunst ausgebildet.

So nahte das dreihundertjährige Jubelfest. Freiwillig, ohne irgend eine centrale Anregung, unberührt durch die damals von England, aus Anlass des schleswig-holsteinischen Krieges, so bitter gereizte nationale Empfindlichkeit, regte es sich aller Orten in Deutschland. Kaum ein Mittelpunkt geistigen Lebens, und daran ist Deutschland Gott sei Dank reicher als irgend ein Land der Welt, kaum die kleinste Provinzialstadt, die nur ihr Gymnasium, ihre höhere Bürgerschule besitzt, kaum eine Bühne, sei sie noch so klein, die nicht mit Einsatz all' ihrer Kräfte ihre Shakespeare-Feier veranstaltete. Unser Weimar aber, der klassische Sitz ächt deutscher Bildung, ging allen voran; unvergesslich bleiben allen Theilnehmern jene Jubeltage, von denen ein Zeuge, Adolf Stahr, sagt: „dass sie uns in den Kreis grosser erhabener Empfindungen bannten, hoch über die Misere der Alltäglichkeit und über die Dumpfheit der sorgenbangen Gegenwart hinweg in den reinen Aether gewaltiger historischer Gedanken und sittlicher Wahrheiten emporhoben." So ward das Jubiläum, zugleich der Geburtstag unseres Vereins, der treue unverfälschte Ausdruck der in den Gebildeten der deutschen Nation lebenden Begeisterung für den grossen Britten.

Mit Spannung richtete man damals die Blicke nach England, dem engeren Vaterlande des Dichters; wie, dachte man, wird dort der Enthusiasmus explodiren? Denn solche Feste tragen ihre Bedeutung weniger in sich, als sie das Barometer der öffentlichen Meinung, die Signatur der herrschenden geistigen Strömung abgeben. Wohin diese Strömung in England ging, war allerdings den Eingeweihten längst kein Geheimniss mehr. Weder die Namen und das Ansehn hochgeehrter Shakespeare-Forscher, wie Dyce, Knight, Halliwell,

Singer, Staunton, Ramsay u. A., noch die Zahl der prachtvollen oder billigen Ausgaben seiner Werke, noch die äusserlichen Erfolge der pomphaften, aber hohlen Wiederbelebungen, wodurch Charles Kean in den fünfziger Jahren auf der Bühne zu wirken suchte und für kurze Zeit die Gebildeten an sich zog, konnten den Kundigen über den Verfall des englischen Shakespeare-Kultus täuschen. Ebenso stetig und unaufhaltsam wie Shakespeare in Deutschland Terrain erobert hat, ebenso stetig und unaufhaltsam hat er es in England, wenigstens in den tonangebenden Klassen, verloren, seit jener forcirte Enthusiasmus, der bis in die zwanziger Jahre dieses Jahrhunderts vorhielt, verraucht war. Aber selbst die hierin Eingeweihten waren überrascht, als der Tag der dreihundertjährigen Jubelfeier heran kam. Ein so vollständiges Fiasco, einen so totalen geistigen Banquerott hätte selbst der ärgste Pessimist nicht für möglich gehalten. „Und das Raisonnement“, sagt Stahr nach dem Briefe eines englischen Freundes, „mit dem sich die Presse über diese weltgeschichtliche Schande zu trösten versuchte, war ebenso jämmerlich als die Thatsache selbst. Shakespeare, hiess es, sei eben nicht wie Schiller national, er sei Cosmopolit, er sei zu gross um nach deutscher Art auf Jubelfesten gepriesen zu werden. und was dergleichen Elendigkeiten und lügenhafte Beschönigungen mehr waren.“

Wahrlich die kleinste deutsche Universitätsstadt feierte den Genius Shakespeare's würdiger, als selbst jene so pomphaft in Scene gesetzte, so kleinlich verlaufene Central-Jubelfeier in Stratford, der Heimath und Grabesstätte des Dichters. Und in dieser kraftlosen Erhebung ist der ganze Rest von Enthusiasmus verpufft, zu dem man sich noch mit Mühe zu erheben vermocht hatte. Während in Deutschland die Jubelfeier der Ausbreitung und Vertiefung des Shakespeare-Studiums nur einen neuen Impuls gab, scheint sie in England das letzte Aufflackern einer erlöschenden Lampe gewesen zu sein, — eher eine Leichen- als eine Jubelfeier.

Ein Dichter kann naturgemäss nur so lange voll gewürdigt werden, als Verstandes- und Gemüthsleben des Volkes mit ihm eins sind. In drei Jahrhunderten aber kann das eine Volk aus dem Ideenkreis und der Gefühlswelt eines Dichters heraus-, das andere in dieselben hineinwachsen. Weisen wir diesen umgekehrten Entwickelungsgang in dem Verhältniss der Engländer und Deutschen zur Shakespeare'schen Dichtung nach, so ist das Räthsel jener so seltsam kontrastirenden Erscheinung gelöst.

Shakespeare war, und Niemand hat dies schlagender nachgewiesen als unser Ulrici, ein ächter Sohn seines Landes und seiner

Zeit. Seine Werke sind der treue Abdruck seines eigenen Jahrhunderts, der Gedanken, der Gefühle, die seine Zeit bewegten. Darum und nur darum zündeten sie auch so gewaltig. Aber in diesen Werken lebt zugleich ein idealer Gehalt, den die Menge damals noch nicht voll zu würdigen wusste, der ihnen aber gerade den Werth für unser Jahrhundert giebt, der ihn vor dem Vergessen bewahrte, welchem die Dichtungen der Zeitgenossen, damals zum Theil nicht weniger bewundert, anheimgefallen sind. Das Humanitätsprogramm künftiger Jahrhunderte lag vor seinem prophetischen Geiste aufgeschlagen; in den höchsten Fragen, welche die Menscheit bewegen, erhob er sich zu unerreichter Höhe klarer, vorurtheilsfreier Anschauung, die weit über den Ideenkreis der damaligen Zeit hinausging und erst durch die fortgeschrittene Erkenntniss späterer Jahrhunderte voll gewürdigt werden konnte. Das Volk aber, was sich am meisten in der Richtung seines geistigen Programms entwickelt hat, wird ihn demnach heute auch am besten verstehen, am höchsten würdigen.

Und sind dies seine Landsleute, die Engländer gewesen? In der national-politischen Richtung sicherlich. Eine der Ideen, die Shakespeare am meisten begeisterten, war die Unabhängigkeit, die Grösse seines Vaterlandes. Die glückliche Regierung Elisabeths erwärmte die Herzen der Patrioten, auch sein Herz, mit Ahnungen künftiger Grösse. Sie sind voll in Erfüllung gegangen. In unbefleckter Selbstständigkeit, mächtig unterstützt allerdings durch seine insulare Lage, wuchsen Englands Name, Macht und Reichthum in beiden Hemisphären zu schwindelnder Höhe. Sehen wir von dem Einigungsfortschritt der letzten drei Jahre ab, so können wir Deutsche nur mit Beschämung in die politische Vergleichung mit England eintreten. Dort Einheit, Macht, Festigkeit, Nationalgefühl; hier das Gegentheil von alledem. Bis vor Kurzem noch eine todte Masse im Herzen Europa's, innerlich zerrissen, vielköpfig nach Aussen, einflusslos im Rathe der Völker, selbst nach gewaltigen Anläufen, wie die Befreiungskriege, lethargisch zurücksinkend, bis endlich in unsren Tagen die Unerträglichkeit der Zustände von Neuem an das Eisen appellirte und nun endlich erst aus Strömen deutschen Bluts das Morgenroth einer bessern Zukunft heraufzudämmern scheint. Wir haben unsere nationale Entwickelung in drei Jahrhunderten erst bis zur Pforte der Hoffnung, die Engländer haben sie zur stolzesten Erfüllung gebracht.

Doch damit allein ist Shakespeare's Programm noch nicht erfüllt; politisch freie Männer hat England gezüchtet, aber wie sieht es mit der geistigen Freiheit aus, mit der Civilisation, der Humanität, mit der Pflege der idealen Güter der Menschheit? Wer ist auf diesen Gebieten weiter in Shakespeare's Geist fortgeschritten, England oder Deutschland?

In das innere Leben des englischen Volks hineinzuschauen ist nicht leicht. Das Auge wird geblendet durch den äusseren nationalen Glanz, die Wunder der materiellen Welt, die Namen grosser Staatsmänner, Helden, Gelehrten; es wird getrübt durch das Vorurtheil, welches sich zu Gunsten seiner Institutionen, seiner Erbweisheit, wie es genannt worden, bei den Völkern hartnäckig festgesetzt hat. Wer aber durch alles dies hindurchdringt zu einem Einblick in das innere geistige Leben jener Nation, der wird mit Erschrecken gewahren, wie unermesslich faul es dort in vieler Beziehung aussieht und wie unbegreiflich die Widersprüche sind, welche dort ruhig neben einander wohnen.

Betrachten wir zuerst, wie die auf die Sittlichkeit und Bildung der Nation so tief einwirkende Regierungsmaschine beschaffen ist und wie sie die civilisatorischen Anforderungen unserer Zeit löst. Für den nationalen Theil ihrer Aufgabe hat sie, wie wir sahen, die Probe bestanden, die Interessen der Nation hat sie gewahrt, alle Hemmnisse materieller Entwickelung hinweggeräumt und auf diesem Gebiet der menschlichen Kraft und Thätigkeit freie Bahnen geschaffen; Freiheit des Individuums, Schutz vor Willkühr, formale Gerechtigkeit und formale Gleichheit vor dem Gesetz, das alles gewährt sie in vollem Maasse. Und das ist allerdings viel, sehr viel.

Aber die Staatsmaschine Englands leidet an e i n e m Fehler; sie hat blos einen Kopf, aber kein Herz. Das glänzende Königthum, welches Shakespeare sah, welches ihn, soweit er des Volkes Grösse und Glück dadurch gewahrt fand, patriotisch begeisterte, ging an den Fehlern der Stuarts und an den Schwächen der Fürsten aus dem hannöverschen Hause unaufhaltsam zu Grunde. Nur der Schatten, die Symbolik eines Königthums sind geblieben. An seine Stelle trat die so viel bewunderte Parlaments-Maschinerie, welche heut zu Tage nicht blos die Gesetzgebung, sondern die Regierung selbst in der Hand hat. Historisch reicht ihre Existenz allerdings weit über Shakespeare hinaus. Aber nur der Unverstand politischer Partheien kann es ihm zum Vorwurf machen, wenn er sich mehr für die Heldenthaten englischer Fürsten und Grossen, als für die Parlamente aus den Zeiten der Plantagenets und Tudors begeisterte. Die Geldbeutel-Interessen waren die Wiege des englischen Unterhauses; es ist seinem Ursprung bis heute treu geblieben und hat daraus

den Fehlern und Schwächen seiner Könige gegenüber, eine Waffe
zu machen gewusst, die ihm allmälig die ganze Staatsgewalt in die
Hände spielte, — das Entzücken aller derjenigen, welche ihr Staats-
Ideal in der Ohnmacht des Königthums, in der formalen Allmacht
der Vertreter der Nation erfüllt sehen und denen die Frage, wie
sie diese Allmacht zum Wohl des Volkes gebrauchen, erst in zweiter
Linie kommt. Die Aristokratie aber, die nicht mehr, wie einst
Warwick, die Könige machen, oder mit ihnen theilen konnte, wandte
sich ebenfalls vom Königthum ab und schloss ihren Bund mit den
Vertretern des materiellen Interesses. Ihre Politik dabei war be-
wundernswürdig. Keine Spur der Bornirtheit jener Carrikaturen
ächter Aristokratie, die noch heute in manchen deutschen Staaten
unter dem Gelächter des Volks für das nackte unhaltbare Privile-
gium ihre stumpfen Geisteswaffen einsetzen. Nein, der englische
Erbadel war klüger. Ihm kam es nur darauf an, die thatsächlichen
Besitz- und Machtverhältnisse aufrecht zu erhalten, wie sie seit Wil-
helm dem Eroberer bestanden; er fühlte im Voraus, was er über
Bord werfen müsse, er fühlte, dass er der Nation in allem, was
nicht direct seinen Interessen widersprach, entgegen kommen, ihr
Vertrauen gewinnen, sie führen müsse, um die Aufmerksamkeit von
den schwachen Punkten abzulenken, auf die sein Einfluss, sein Be-
sitz basiren. Statt wie ihre deutschen Zerrbilder durch Hohn und
Trotz das Volk zu erbittern, stumpf auf ihre Vorrechte pochend,
die Hülfsmittel der Bildung zu verschmähen, eignete sich der englische Adel die gefälligsten Manieren, die höchste wissenschaftliche
Bildung an, so dass die dem materiellen Gewinn nachjagende Nation
den Gliedern der Aristokratie in der Regel gern die thatsäch-
liche Führerschaft überliess. Die hohe englische Geistlichkeit aber,
seit Heinrich VIII. mit dem Staate unauflöslich verwoben, in ihren
fetten Pfründen erstickend, ist der Dritte in dem stillen Bunde des
Grundbesitzes und des materiellen Interesses und sie preisen vereint
die Herrlichkeit der englischen Verfassung, die alleinseligmachende
Verbindung des Staats und der bischöflichen Kirche, die Heiligkeit
des Alt-Hergebrachten. Und sie finden um so mehr Gläubige, als
das einseitige Jagen nach materiellem Gewinn seit Jahrhunderten
schon begonnen hatte, das englische Volk immer mehr von Erör-
terung idealer Fragen, die zu Shakespeare's Zeiten noch den ganzen
Staat beherrschten, abzulenken.

Der wahre Prüfstein einer guten Regierungsform ist der Bil-
dungs- und Sittlichkeitsgrad des Volkes. Legt man diesen Maass-
stab an den englischen Parlamentarismus, so besteht er die Probe

schlecht. So gross, so erfolgreich die Ergebnisse auf dem nationalen, politischen, materiellen Gebiet, gewiss grösser, erfolgreicher als sie die Alleinherrschaft selbst guter Monarchen hätte gewährleisten können, so traurig sind die Resultate auf geistigem und socialem Gebiete. Das beweist die erschreckende Zahl von Verbrechen, die herrschenden Laster der Trunkenheit, Rohheit, Entsittlichung, — das beweist die Summe des tiefsten socialen Elends dicht neben so kolossalem Reichthum. Hier eben hat das Herz für das Volk gefehlt; in den Majoritäten der zwar nicht formell aber thatsächlich Privilegirten, welche die englische Nation bisher vertraten, war nie ein warmer Pulsschlag für die idealen Güter der Menschheit lebendig. Wo die Grossen und Reichen der Schuh drückte, da ward rasch geholfen; der Arme, der nicht vertreten war, der Mensch als solcher existirte für sie nicht. Den Reichthum, die Macht der Nation zu heben, war alles bei der Hand, die Bildungs- und Sittlichkeitsstufe des Volks waren ihnen gleichgültig. Wohl hat England treffliche Gesetze, einen unabhängigen Richterstand; allein existirt eine Gerechtigkeit für den Armen, wenn das Recht so theuer ist, dass er es nicht haben kann? Die ganze englische Rechtsverfassung bietet in der That einen mehr als chaotischen Anblick dar; ein Krösus gehört dazu, einen Prozess in England durchzuführen; der Arme ist factisch rechtlos. — Und wie steht es um das Armenwesen? Die Privatwohlthätigkeit leistet mitunter Glänzendes, allein sie kann keinen Organismus schaffen, der das Ganze umfasst; hier geschieht zu viel, dort zu wenig. Was hat aber das Parlament gethan? Bis vor wenigen Decennien gar nichts; dann auf Anregung einzelner edler Männer und unter dem Einfluss der fortgeschrittenen Gesetzgebung des Auslandes erhob es sich nur zu schwächlichen ungenügenden Maassregeln. Ja die englischen Workhouses, in die sich der Arme aufnehmen lassen muss um Unterstützung zu geniessen, in denen die Familie auseinander gerissen wird, sie sind so verrufen, dass der Arme, in dem noch eine Spur von Selbstgefühl lebt, lieber verhungert, ehe er diese Wohlthätigkeit der Nation beansprucht. — Und wie sieht es auf dem Gebiet der Volkserziehung aus? Die elende Phrase, dass man Jedermann seinen freien Willen lassen, auch zu seinem Besten nicht zwingen dürfe, dient als vollgültige Entschuldigung für die gottlose Gleichgültigkeit, mit der dieser wichtigste Zweig der Staatssorge ohne allgemeine gesetzliche Directiven dem Zufall der privativen Philantropie, oder dem Belieben der einzelnen Gemeinden Preis gegeben wird. — So behandeln die englischen Parlamente die grossen Fragen der Bildung, der Menschlichkeit, des Rechts. — Und wie herzlos und ungerecht sie das Wohl ganzer Völker Jahrhunderte lang dem nackten Interesse der Kaufleute und Aristokraten, oder dem orthodoxen Vorurtheil opfern konnten und heute noch opfern, das beweist ihr Regiment in den Colonien, das beweist noch mehr die Geschichte des unglücklichen Irland. Wenn Erscheinungen der Bestialität, wie sie jüngst der Fenianismus auf die Oberfläche gelangen liess, in unserm Jahrhundert möglich sind, dann darf man sicher einen Rückschluss auf die Saat von Hass und Ungerechtigkeit thun, welche England seit Jahrhunderten ausgesäet haben muss. Und wenn man auch endlich in unseren Tagen dem schmählich unterdrückten Lande in Einzelheiten, z. B. der Aufhebung des schändlichen Instituts der irischen Staatskirche gerecht werden will, — wo bleibt das moralische Verdienst des Parlaments, dem einzig und allein die bis in das Herz seiner Hauptstadt vorgedrungenen Schreckenssymptome des Fenianismus, das unmittelbar vor seinen Augen aufleuchtende Mene Tekel, diese Concessionen abzuzwingen beginnt? Man betrachte nur die äussere Physiognomie dieser Parlamente, die souveräne Herrschaft des Partheiwesens über jede höhere Staatsmoral, die Wahlbestechungen und Umtriebe, welche nur dem Geld und Einfluss den Weg zu Amt und Würden bahnen und man kann hieraus rückwärts schliessen, ob eine so zusammengebrachte Versammlung den Herzschlag des Volkes zu vernehmen, den höhern geistigen Interessen gerecht zu werden vermag.

So hat die Parlamentsregierung, oder vielmehr die abwechselnde Herrschaft zweier grossen politischen Partheien, auf nationalem und materiellem Gebiet bewundernswürdiges, auf geistigem und socialem Gebiet klägliches geleistet.

Die politische und religiöse Orthodoxie, das ist der traurige Hafen, in welchen das Staatsschiff, dessen Wimpel zu Shakespeare's, zu Elisabeth's Zeiten so lustig flatterten, immer mehr hineingerathen ist. Das politische Dogma von der Heiligkeit des historischen Rechts, von der Unverbrüchlichkeit der Rechts-, oder vielmehr der Unrechts-Continuität lasten wie ein erdrückender Alp auf dem politischen und socialen Fortschritt Englands. Es entspricht dem Interesse der im Ober- und Unterhause herrschenden Klassen, darum wird es auf allen Gassen als bewunderungswürdige Erbweisheit, als Grundpfeiler der englischen Grösse dem Volke vorgehalten. Daher diese sklavische Furcht aller, auch der sogenannten freisinnigen Partheien vor Codificationen, vor dem offenen radikalen Bruch mit alten Traditionen und Principien. Ein ewiges Flicken und Lappen und Anhängen und Amendiren, nirgends eine durchgreifende Energie, die einen von Grund neuen Bau aufzuführen wagt, wo doch die Fundamente des alten Bau's unhaltbar geworden waren. Wo die Verschiedenheit im Rechtsbewusstsein der alten und neuen Zeit bis an die Wurzel der Dinge geht, da muss auch die Reform bis an die Wurzel gehen, principiell verschiedenes lässt sich nicht an einander knüpfen, durch und durch faules nicht wieder beleben. Wie dringlich sind die Reformen des Rechtswesens, wie schreiend nothwendig ist es, das Volkserziehungswesen in die Hand zu nehmen, das Armenwesen menschlich zu organisiren, die Volksvertretung nach gleichen Grundsätzen zu regeln, die geistestödtende Verbindung der bischöflichen Kirche mit dem Staate zu lösen, die Legion alter Observanzen, nutzloser abgelebter Institute, kostspieliger Sinekuren zu beseitigen. Doch dafür hat keine der herrschenden Partheien Sinn, oder Muth, oder Zeit; stets fürchten sie durch zu tiefes Einschneiden die Grundlagen ihres eignen Einflusses mit zu verletzen. Die für Durchführung grosser gesetzgeberischer Arbeiten unumgänglich nothwendige Stabilität der Executivgewalt fehlt vollständig in dem Organismus der rasch wechselnden Partheienherrschaft. So wie eine Parthei ans Ruder gelangt, debütirt sie rasch zur Befestigung ihrer Stellung mit einigen Einzelgesetzen, welche gerade die öffentliche Meinung beschäftigen; an grossen durchgreifenden Reformen will keine Parthei sich die Finger verbrennen. Wenn in einem Lande der Welt, so gilt von England das Wort unsers Dichters:

> Ja wenn sich Alles vor Gebräuchen schmiegt,
> Wird nie der Staub des Alters abgestreift,
> Berghoher Irrthum wird so aufgehäuft,
> Dass Wahrheit nie ihn überragt.

Unendlich trauriger aber sieht es noch auf dem Gebiet aus, welches, wenn auch von dem herrschenden Regierungssystem beeinflusst, doch im Wesentlichen der freien Selbstbestimmung und Entwickelung der Individuen anheimgegeben ist, nämlich auf dem religiösen Gebiet. Hier herrschen noch heute die 39 Artikel in einer Starrheit und Beschränktheit, für die wir geistesfreien Deutschen nicht einmal den Begriff haben. Und nicht blos innerhalb der, einem grossen geistigen Sumpf vergleichbaren, bischöflichen Landeskirche; nein, die sich ablösenden Theile, wenn sie sich auch „freie Kirchen“ nennen, die Dissenters aller Arten, benützen die formale Freiheit, die ihnen das Gesetz lässt, nur, um sich selbst noch stärkere dogmatische Ketten anzulegen. Buckle nennt Schottland, wo diese Richtung gipfelt, mit Recht das „Spanien des Protestantismus"; doch was bei den Spaniern durch lange Missregierung, Inquisition, Tyrannei erklärlich, entschuldbar wird, das erscheint jämmerlich bei den Bürgern einer freien Nation. Einseitige Erziehung, Jagen nach materiellem Gewinn, Regierungssystem und andere Einflüsse haben Shakespeare's Heimathsland zu einer religiösen Bigotterie und Einseitigkeit, zu einer Verläugnung jeder individuell-selbstständigen Auffassung religiöser Dinge, zu einer widerlichen mechanisch-geistlosen Religionsübung und Scheinheiligkeit, zu einer prosaischen freudentödtenden Lebensauffassung heruntergebracht, so dass man sich erstaunt fragt, ob dies dieselben Söhne des stolzen Albions sind, die auf so vielen andern Gebieten der ganzen Welt die Fahne des Fortschritts vorantragen.

Eine der traurigsten Wirkungen dieser bigotten Versunkenheit der Britten, verbunden mit dem Uebergewicht des Materiellen, in dem sie all' ihre Spannkraft erschöpfen, ist aber der ertödtete oder unerweckt gebliebene Sinn für die Kunst und ihre Lehre. In der Literatur, der Poesie, sind sie allerdings gross, obgleich auch hierin mehr eine kalte Reflexion als warmes, unmittelbares Leben strömt. In der Malerei und Bildhauerkunst dagegen sind die Gesammtleistungen kläglich. Und die dramatische Kunst, zu Shakespeare's Zeiten in vollster Jugendblüthe, wie ertödtend hat sich der Mehlthau der Bigotterie darüber gelagert, wie tief ist sie gesunken. Ja die Freude am Schauspiel ist gleichsam in die Acht erklärt, so dass es in Schottland sogar für unanständig gilt, das Theater zu besuchen.

In dieser konkreten Frage hat sich vielleicht der Unterschied der heutigen Zeit gegen Shakespeare's Zeitalter am schärfsten zugespitzt. Sie eröffnet uns am besten den Einblick in die grossen Veränderungen im Leben der Nation, die seit drei Jahrhunderten vorgingen. Passt, so fragen wir im Rückblick auf seine Zeit, diese herzlose Parlaments-Maschine, dieser fortwährende selbstsüchtige Kampf der Partheien um das Ruder des Staatsschiffs, in das politische Programm Shakespeare's, mit seiner warmen Auffassung der unmittelbaren Beziehungen der Regierung zum Volk, mit seinem warmen Herzen für die unterdrückte, leidende Menschheit, für Gerechtigkeit und Humanität? Entsprechen sie seinen Menschenidealen, seinen erhabenen Ideen vom Christen, seiner heiteren Lebensanschauung, die modernen Götzendiener der Rechtskontinuität, die wilden Jäger des Materialismus, die geistesfaulen Frömmler und Dogmenanbeter, die prosaischen Verächter derjenigen Kunst, wodurch er allein zum Herzen des Volkes reden wollte? Der Puritanismus, damals wie eine Krankheitserscheinung auf seine eigenen Kreise beschränkt und dadurch für's Ganze, in seiner finstern Opposition gegen die Freude der Nation an dem Schönen, unschädlich gemacht, er ist seitdem vergiftend in das ganze Geistesleben des Volkes eingedrungen. Wo ist von dem *merry old England*, das zu Shakespeare's Zeiten seinen Spielen zujauchzte, noch eine Spur in dem heutigen England zu finden? Die Menschen sind prosaisch-egoistisch, die Herzen kalt geworden. Ist es aber hierdurch nicht erklärlich, wenn die heutigen Engländer anders zu Shakespeare's Dichtung stehen, wie die Genossen seiner Zeit? Welche Parthei, Whigs oder Tory's, kann ihn auf ihr Schild heben, der hoch über den Partheien stand? welche Secte ihn zu dem ihrigen zählen, der der höchsten Toleranz, der freiesten Auffassung in göttlichen und menschlichen Dingen huldigte, der die Fessel des Dogmas, der den Glaubenszwang nicht kannte? Und wie kann er noch zum Herzen des Volks sprechen, da das Organ fehlt, da die Schauspielkunst, — zugleich Symptom und mitwirkende Ursache der gesunkenen Shakespeare-Erkenntniss —, in Verfall, ja fast in Verruf bei den tonangebenden Klassen gekommen ist? Es ist unmöglich, dass Shakespeare von einem Volke voll gewürdigt werden kann, dessen Schauspielkunst auf der tiefsten Stufe steht; von zwei im übrigen stammverwandten Völkern wird ihn stets dasjenige am Besten begreifen, das die beste Bühne besitzt. Noch in den fünfziger Jahren lebte Shakespeare auf der Bühne, insbesondere der Volksbühne London's, jetzt ist er so gut wie ganz todt und nur ein einziger Name, Phelps, wahrt gleichsam noch als letzter der Epigonen den äussern Zusammenhang mit den grossen Mimen der Vergangenheit. Die Schaubühnen ausserhalb Londons verdienen aber nicht einmal den Namen von Stätten der Kunst. Wo die Beziehungen zwischen dem Dichter und dem Volke, zwischen dem Geisteshauch der Dichtung und dem geistigen Leben und Schauen der Nation sich so gewaltig geändert haben, da kann der, welcher früher in aller Herzen lebte, heute wohl noch allgemein bekannt, von vielen Einzelnen bewundert, aber nicht mehr vom ganzen Volke warm und voll gewürdigt werden.

Während so in England die Geister sich der Richtung entfremdeten, in der Shakespeare's Genius das Morgenroth kommender Jahrhunderte heraufsteigen sah, wie entwickelte sich die deutsche Nation? Als Nation kümmerlich genug; in dieser Richtung, sowie auf dem ganzen materiellen Gebiete erfüllten Englands Parlamente ihre Aufgabe besser als Deutschlands Fürsten. Aber wie in den einzelnen Individuen die Vorzüge gewöhnlich dicht neben den Fehlern

wachsen, so bewirkte die traurige politische Zersplitterung eine wohl-
thätige Decentralisation der geistigen Arbeit. Ein Weimar wäre in
England undenkbar. Aehnlich wie in den Zeiten von Italiens tief-
stem nationalem Verfall die Kunst an den Höfen der Mediceer, der
Sforza's und Gonzaga's blühte, wuchs in Deutschland aus politischer
Unfreiheit ein freies geistiges Leben der Individuen hervor. Der
Deutsche befreite sich selbst durch Bildung und Wissenschaft. Seine
Universitäten wurden die Bollwerke der Geistesfreiheit, während
Cambridge und Oxford, wie Buckle sagt, noch heute die Brutstätten
des politischen und religiösen Aberglaubens sind. So schlecht manche
Fürsten waren, so drang doch das Beispiel der guten Herrscher und
ihrer weisen, humanen Gesetzgebung allmälig immer mehr durch.
Und als die Stunde politischer Erlösung schlug und das Volk, wenn
auch vorläufig noch auf dem national-zersplitterten Boden, in seine
Rechte trat, da fand sie die deutschen Völker in Bildung und
Humanität so viel weiter fortgeschritten, dass England in vieler
Beziehung heute bei u n s e r e n Institutionen in die Schule gehen kann.
Politisch sind wir also wenigstens auf dem Wege, eine Nation nach
Shakespeare's Herzen zu werden. Was aber das Gebiet der Bildung
und Menschlichkeit betrifft, so sind wir unendlich weiter in Shakespeare's
Geiste vorgeschritten, als die stolzen Insulaner. Ja unsere Blicke
sind heller, unsere Herzen schlagen wärmer. Und wenn Shakespeare's
Religiosität von dem heutigen orthodoxen England nicht gewürdigt
werden k a n n, wenn man ihm dort den dogmatischen Milton vorzieht
(eine Parallele, wofür uns Deutschen der Begriff fehlt), wie wohl-
thuend fühlt sich der freie deutsche Geist darin zu Hause. Es sind die
ewigen Grund-Wahrheiten des Christenthums, es ist die wirkliche
Religion der Liebe, der Humanität, der Toleranz, nicht die starre
dogmatische Formel, die uns daraus entgegen weht. „Es sind", sagt
Friesen, „nicht dogmatische Formeln, oder aufdringliche Lehren,
wonach wir, zur Bethätigung seines Christenthums, in Shakespeare's
Schriften zu suchen haben, aber es ist die Atmosphäre einer tief-
christlichen Gesinnung, die uns in denselben umweht".

In England hatte die Reformation, aus den ehebrecherischen
Gelüsten Heinrich's VIII. hervorgegangen, im Wesentlichen politische
Motive, wird heute noch von der Politik getragen. In Deutschland
ging sie nicht von den Fürsten aus; sie war die Reaction des ge-
sunden religiösen Gefühls und des Menschenverstandes gegen das
Uebermaass der unter dem Deckmantel der Religion hereingebrochenen
Fäulniss. Bildete sich aber auch formell, hier durch Luther, wie
dort durch Heinrich VIII., ein mit dem Wesen der Glaubensfreiheit

auf die Dauer unvereinbarlicher Formalismus aus, so ist doch der Unterschied im Verhalten beider Völker zu diesem neu geschaffenen dogmatischen Schematismus ein wirklich schlagender. Der Engländer steht noch heute gedankenlos bei den Artikeln seiner bischöflichen Kirche, verschliesst sich gleichgültig der fortschreitenden Erkenntniss der Jahrhunderte, die doch sicherlich auf religiösem Gebiet allein nicht zum ewigen Stillstand verdammt sein soll. Der Deutsche aber, sobald er die Dogmen, die ursprünglich das Reformationswerk wohlthätig umfriedigten, als hemmende Fessel erkannte, befreite sich geistig selbst. Wohl mögen die alten orthodoxen Formen noch ihr Scheinleben fristen, — ein neuer Geist lebt längst in den Gebildeten der Nation und er wird, wenn es Zeit ist (und die Zeichen mehren sich, dass sie naht) seine Form schon zu finden wissen. Dann aber wird aus den Trümmern des konfessionellen Glaubenszwanges, das Urchristenthum der Humanität und Liebe wieder auferstehen, in dem Shakespeare's Geist sich sonnte, das in Lessing's Seele wiederstrahlte.

Aber neben der religiösen Selbstbefreiung haben wir Deutsche auch die Künste und ihre Lehre nicht vernachlässigt. Seit fast 100 Jahren schreitet die deutsche Bühne, von augenblicklichen Krankheitszuständen abgesehen, unaufhaltsam vorwärts, um Shakespeare's Namen zu verherrlichen, ihn dem Verständniss, dem Herzen des Volkes immer näher zu bringen. Nicht bloss die Hauptstädte, auch die kleineren Residenzen und die grossen Provinzialstädte besitzen Bühnen, wie man sie in den Riesenstädten des modernen Englands vergebens suchen würde. Eins der wichtigsten Hülfsmittel ist dabei aber die stets fortschreitende, stets mehr ins Volk eindringende ästhetische Bildung; sie kommt ihm in gleicher Weise zu statten, als sie den Engländern abgeht. Die Aesthetik, eine ächt deutsche Wissenschaft, ist ein unentbehrlicher Factor geworden, um in den Geist eines Dichters einzudringen, dessen Verständniss die darüber gelagerten Jahrhunderte erschweren und dessen Schönheiten nicht auf der Oberfläche liegen. Man wende nicht ein, die Landsleute und Sprachgenossen des Dichters bedürften solcher ästhetischen Vermittelung nicht; dort rede er direct zu ihren Herzen. Allerdings kann selbst bei stammesverwandten Sprachen eine Uebersetzung den dichterischen Zauber eines Originals nicht vollständig wiedergeben; dazu sind Form und Inhalt zu innig verwebt. Allein für den Engländer trägt Shakespeare ein alterthümliches Sprachgewand, welches zu durchdringen mitunter schwierig ist; wir Deutsche dagegen haben den Vortheil, ihn in allgemein verständlicher moderner Sprache zu lesen, viele Unklarheiten des Originals durch die meisterhaften Uebersetzungen bereits beseitigt zu finden. Berücksichtigt man aber, in wie hohem Grade die geistreichen ästhetischen Abhandlungen eines Schlegel, Gervinus, Ulrici, Rötscher, Friesen, Vischer u. s. w. zum allgemeinen Verständniss Shakespeare's bei den Gebildeten beigetragen, wie sie ihn auch dem Herzen des Volks näher gebracht haben, so kann man schon daraus schliessen, wie sehr die Engländer, welche dieser Hülfen, bis sie ihnen von uns gebracht wurden, im Wesentlichen entbehrten, hierin hinter uns zurückbleiben mussten. Sie erkennen dies selbst an und hegen die höchste Achtung vor den ästhetischen Forschungen der Deutschen, die in der That auch in England maassgebend geworden sind, seit Schlegel's Vorlesungen dort bekannt wurden. Ihre besten Kritiker, u. A. Coleridge, auch noch kürzlich A. Ramsay, erkennen ausdrücklich an, dass Lessing und Schlegel den Engländern erst den vollen Begriff von Shakespeare's Regelmässigkeit und Schönheit beigebracht hätten, während die bis dahin als Autoritäten betrachteten Kritiker des vorigen Jahrhunderts, die Steevens, Malone, Johnson u. s. w., vollkommen auf dem Voltaire'schen Standpunkt der Beurtheilung Shakespeare's standen und wie Vischer treffend sagt: „gerade da stets über Verletzung des Geschmacks und gesunden Verstandes klagten, wo Shakespeare sich zum Höchsten erhob." Nach dem Eindringen der deutschen Kritik in dem ersten Viertel dieses Jahrhunderts flammte dann in England die Shakespeare-Begeisterung zum letzten Male auf, um sich seitdem zum Schlaf hinzulegen. Nur zwei bedeutendere Aesthetiker sind überhaupt in der Shakespeare - Literatur England's aufgetreten, Coleridge und Hazlitt, und zwar beide nicht in grösseren Werken, sondern nur in gelegentlichen Vorlesungen und Abhandlungen. Und von diesen beiden ist der erste und bedeutendste, Coleridge, erst durch seine Studien der deutschen Philosophen, seinen längeren Aufenthalt in Deutschland, die unmittelbare Berührung mit den Göttinger Dichtern und den Häuptern der romantischen Schule zu seiner wesentlich deutschen Auffassung Shakespeare's hingeführt worden. Und war es nur Zufall, dass beide, Coleridge wie Hazlitt, aus der Unitarischen Secte, dieser der englischen Orthodoxie am fernsten stehenden Religionsgenossenschaft, hervorgegangen sind?

Gewiss wird England dereinst aus seinem geistigen Sündenschlaf erwachen, obgleich es in keinem Lande der Welt schwerer ist die herrschenden Richtungen umzudrehen. Von den vielen erleuchteten Geistern, die schon heute dort ihre Stimmen erheben, unterstützt von dem niederen Mittelstand, der dort noch am treuesten zu

Shakespeare steht, wird die Reformation unhaltbarer Zustände ausgehen. Der Tag aber, an dem dieser neue Geist zum Durchbruch
kommt, wird auch der Tag der Wiederauferstehung Shakespeare's
und der dramatischen Kunst in England sein.

Wir aber, auf die Shakespeare vor dreihundert Jahren mit
Ironie herabblickte, sind seine treuesten, besten Söhne geworden.
Seine Landsleute haben sich aus seinen geistigen Bahnen entfernt,
wir sind in dieselben hineingetreten. Von dem Humanitäts-Programm,
welches in seinem Kopf und Herzen lebte, haben wir ein gut Stück
mehr erfüllt, der Richtung, die sein Genius uns zeigte, haben wir
treuer nachgelebt, als seine Landsleute. Wir haben uns Shakespeare
erobert, er ist unser, er ist deutsch-national geworden. Und so und
nicht anders fassten ihn die Dichter-Heroen auf, deren geistiger
Tritt noch durch diese Fluren hallt. Nicht in sklavischer Nachahmung, denn unser Jahrhundert hat andern Inhalt, andere Formen,
aber von seinem Geist angeweht, befruchteten sie ihr Inneres mit
dem unsterblichen über dem Wechsel der Jahrhunderte stehenden
Inhalt seiner Werke und gebaren ihn neu im Geist und in den
Formen ihrer eigenen Zeit. Als Dritter im Bund mit Schiller und
Göthe, wie das Deckenbild Ihres neu erstandenen Musentempels so
schön darstellt, der Adoptivsohn deutschen Geistes, so und nicht
anders feiern wir ihn. Spricht der Ewige nicht zu uns durch alle
Zungen? ist der Geist an Formen, an irdische Kategorien gebunden?
ist die Wahrheit minder wahr, die Schönheit minder schön, wenn
sie nicht in unserer Gewandung zuerst in die Erscheinung trat?
Nein! heilig sei uns der Zug deutschen Wesens, der neidlos und
ohne Vorurtheil das Geistige nur am geistigen Maassstabe misst.
Freuen wir uns mit Herder, dass wir noch im Stande sind, unsere
Herzen an Shakespeare's unsterblichen Schöpfungen zu erwärmen;
denn es ist nicht bloss ein Genuss, es ist ein Verdienst, in die Seele
grosser Männer einzudringen, und in diesem Sinne sprach unser Altmeister Göthe das schöne Wort, welches ich Ihnen zum Schluss zurufe: „Von dem Verdienste, das wir anerkennen, haben
wir eine Spur in uns!"